창비시선 10

이시영 시집

滿　月

창비

차 례

제 1 부

제 5 부

제 1 부

序　詩

어서 오라 그리운 얼굴
산 넘고 물 건너 발 디디러 간 사람아
댓잎만 살랑여도 너 기다리는 얼굴들
봉창 열고 슬픈 눈동자를 태우는데
이 밤이 새기 전에 땅을 울리며 오라
어서 어머님의 긴 이야기를 듣자

<1976>

白　露

떠도는 것들이 산천에 가득 차서
거적때기 같은 것으로 서로의 발을 덮어주며
잠든 것이 보이고
잠 못 들어 뒤척이던 인부 둘이서
두런거리며 그곳을 빠져나와
어디론지 가고 있는 것이 보인다

<1976>

바 람 아

바람아 너희 나라엔 누가 있는가
날 저물면 산에서 내려와 문고리 두드리는
커다란 그림자가 있는가
뒷문 열고 기침하는 늙으신 어머니가 있는가
밤새도록 대밭에서 끄떡이다
땅 끝으로 사라지는 반딧불이 있는가
아버지가 있는가
바람아 너희 나라엔 얼굴도 없는가
서서 멈출 발자욱도 없는가
풀섶을 헤쳐가는 소리 죽인 눈도 없는가
떨리는 가슴 닿을 다음 땅은 없는가
바람아 너희 나라엔 아무도 아무도 없는가

<1976>

너

불러다오
밤이 깊다
벌레들이 밤이슬에 뒤척이며
하나의 별을 애타게 부르듯이
새들이 마지막 남은 가지에 앉아
위태로이 나무를 부르듯이
그렇게 나를 불러다오
부르는 곳을 찾아
모르는 너를 찾아
밤 벌판에 떨면서
날 밝기 전에
나는 무엇이 되어 서고 싶구나
나 아닌 다른 무엇이 되어
걷고 싶구나
처음으로 가는 길을
끝없는 길을

〈1976〉

이 름

밤이 깊어갈수록
우리는 누군가를 불러야 한다
우리가 그 이름을 부르지 않았을 때
잠시라도 잊었을 때
채찍 아래서 우리를 부르는 뜨거운 소리를 듣는다

이 밤이 길어갈수록
우리는 누구에게로 가야 한다
우리가 가기를 멈췄을 때
혹은 가기를 포기했을 때
칼자욱을 딛고서 오는 그이의
아픈 발소리를 듣는다

우리는 누구인가를 불러야 한다
우리는 누구에게로 가야 한다
대낮의 숨통을 조이는 것이
형제의 찬 손일지라도

언젠가는 피가 돌아
고향의 논둑을 더듬는 다순 낮이 될지라도
오늘 조인 목을 뽑아
우리는 그에게로 가야만 한다
그의 이름을 불러야 한다
부르다가 쓰러져 그의 돌이 되기 위해
가다가 멈춰 서서 그의 장승이 되기 위해

〈1976〉

그 리 움

두고 온 것들이 빛나는 때가 있다
빛나는 때를 위해 소금을 뿌리며
우리는 이 저녁을 떠돌고 있는가
사방을 둘러보아도
등불 하나 켜든 이 보이지 않고
등불 뒤에 속삭이며 밤을 지키는
발자국소리 들리지 않는다
잊혀진 목소리가 살아나는 때가 있다
잊혀진 한 목소리 잊혀진 다른 목소리의 끝을 찾아
목메이게 부르짖다 잦아드는 때가 있다
잦아드는 외마디소리를 찾아 칼날 세우고
우리는 이 새벽길 숨가쁘게 넘고 있는가
하늘 올려보아도
함께 어둠 지새던 별 하나 눈뜨지 않는다
그래도 두고 온 것들은 빛나는가
빛을 뿜으면서 한번은 되살아나는가
우리가 뿌린 소금들 반짝반짝 별빛이 되어

오던 길 환히 비춰주고 있으니

<1976>

나의 노래

마음으로 향한 눈을 갖고 싶구나
마음에 대고 듣는 귀,
마음을 열고 고이는 소리를 갖고 싶구나

그러나 마음은 자기에게로 걸어오는 눈을 용서하지
않는다
자기 팔에 돋은 귀를 용서하지 않는다
마음이 마음을 용서하지 않는다

용서받기 위하여 내 눈은 돌에 가 부딪치고
돌아오기 위하여 내 귀는 거리에 뛰었다
사람들이 내 귀를 밟고 서서 오래오래 태연한 척했
다
발바닥 밑에서 소리치는 소리를 밟고 서서
오래오래 모르는 약속들을 했다

돌멩이에 스미는 눈을

스며서 크게 열리는 눈을

파도 위에도 돋는 귀를

돋아서 한번은 크게 응답하는 귀를

한 바다를 건너는 소리를

건넜다 다시 와

마음을 안고 고이는 소리를 갖고 싶구나

<1976>

사람들의 마을

I

모르는 곳 모르는 고장 서성이다
돌아와 산도 보고
고향 강에 소리없이 와 닿는
등불도 보게 되는가
떠나는 이의 가슴도 강과 함께 머물렀다
먼 곳으로 떠나는 것이지만,
강과 함께 흐르고 흘렀다가
이제는 목말라 돌아오는 이 맞아
목 축여주기 위해
바닥 깊이 등불을 켜는 마음으로
저 산도 지키며 산과 함께 가난하게 엎드린 사람들
저녁끼니가 떨어지면 억새 같은 손등으로
밤이슬 젖혀 산을 캐고
새벽 밭에 나가 감자를 캐는
사람들의 마을을 나는 안다

여기에서 태어나고 자라 마을을 버리고 떠났던 사람
들
　혹은 백발이 되어, 혹은 팔병신이 되어,
　혹은 눈멀고 귀멀어,
　혹은 쫓겨서, 혹은 배고파 돌아오는 이들
　모두 한 팔로 안고
　다른 팔로 쓰다듬어
　강을 주고
　산의 마음을 주는
　가슴 두근거리는 이들의 마을을 나는 안다
　서울서 기차를 타고 일곱 시간,
　하늘 가까이 내려오다 강기슭에 멈춘 마을을

　　　　　Ⅱ

　내 이대로는 마을로 들어설 수 없구나
　기차를 타고 밤길을 걸어

새벽 강을 가까스로 건넜지만
찢긴 마음 부은 눈으로는
차마 어머니의 등불 부를 수 없구나
싸움에 지치면 언제든지 돌아와
목소리 낮춰 부르라고
밤새도록 이슬 속에 켜둔 등불
그러나 이 목마른 입술로는
답답한 가슴으로는 다가설 수 없구나
대밭 속에 서성이며 울먹이는 불빛 바라보다
날 밝기 전에 부끄런 발길 돌려
강을 건너야지 더 먼 곳으로 가는
기차를 타야지
가서 새 힘으로 돌같이 뭉쳐야지
이대로는, 이 떨리는 빈주먹을 쥐고는
어머니를 찾을 수 없구나

Ⅲ

어머니는 무슨 말씀 하시려는가 봅니다
앞가슴 다급히 감추고
새벽차로 올라오시어
아들 이름 불러놓고
어머니는 무슨 말씀 하시려는가 봅니다
한 손으로 물러앉으며
한 손으로 허공 저으며
어머니는 차마 무슨 말씀 하시려는가 봅니다

<1976>

갈   대

등성이마다 오르다가 갈대는 피어
키를 덮고 산을 덮고
무엇에 흔들린다
제 몸이 키에 가려 보이지 않는데도
마음이 몸에 가려 보이지 않는데도
어쩌자고 귀는 내놓고 흔들리는가
바람 불 때마다 키 밖으로 고개 내밀어
아니라고 아니라고 웃다 서다 부러지기도 하지만
갈대는 또 키를 늘여
귀를 덮고 키를 덮고 무엇에 흔들린다

<1976>

新綠을 보며

행길 가에 늘어선 가로수는
가위에 잘린 팔을 들고 다리를 들고
하루 종일 무엇을 생각다가
생각난 듯 잘린 팔에 잎을 피우고는
또 무엇을 생각하기 시작한다
생각하고 생각하다 무엇을 생각하는지도 잊고서
시작하고 시작하다 무엇을 시작하는지도 잊고서
생각난 듯 불현듯 잎을 피우고
두 귀에 잎을 피우며
건너편 가로수에게 제 분명한 생각을 다짐받기 위해
길을 건너다
시작도 끝도 없는 가위에 적발되어
귀를 잘리고 생각을 잘리고 돌아와서는
봄바람에 잘린 머리를 흔들며
생각난 듯 또 깜빡, 시작의 잎을 피워놓고는
이내 시작을 잊고 생각을 잊고 다시 생각하기 시작
한다   <1976>

23

내 친구의 양계

고향에 돌아가 말없이 짐승을 치며 사는
눈과 손이 커다란 친구
큰 손을 들어 우리들을 모으고
흩어지게 하면서 그가 서울에서
매맞으며 기다렸던 것은 무엇일까
그가 치는 짐승들이 보고 싶어
밤차를 타고 이른 새벽 그의 집에 이르렀다
사방은 고요했고 산풀 냄새가 났다
돼지우리를 지나 납작하게 엎드린 닭장을 열었을 때
닭들은 일제히 움츠렸던 목을 뽑아
내 눈을 쏘아보았다
손을 뻗어 그중 한 마리의 목을 비틀었더니
또 한 마리 또 한 마리 또 한 마리의 닭들이
차례로 내 손을 향해 목을 내밀었다
목을 비틀리면서 닭들은
눈부신 새하얀 알들을 토했다
목이 떨어지고 난 뒤에도 닭들은

뒤우뚱거리며 서로의 날개를 찾아 모여들었다
닭장 안의 닭이란 닭의 목을 모조리 비틀고 났을 때
누가 가만히 내 등을 두드렸다
얼굴이 커다랗게 큰 친구가 웃고 있었다

<1976>

불빛을 찾아

아직은 잠들지 못한다
앞서간 형의 밤길 너무 오래고
한 다리 어둠에 빠져
외다리로 걷고 있을지라도
어디선가 타고 있을 형의 불빛을 찾아
아직은 더 함께 이 벌판에서
캄캄하게 술 마시고 노래 불러야 한다
우리가 함께 누운 벌판, 그대로 벼랑이 될지라도
이 세상의 끝이 되어
형의 발자욱 이미 찾을 수 없을지라도
형과 같이 걷지 못했던 스스로의 발자욱들 되밟고
돌아갈 수는 없는 것
뉘우침의 서로의 뜨거운 발밑에 누워
밤의 늦은 고요 등성이에 누워
용서받기 위해 더 크게 노래 불러야 한다
땅 끝까지 스미라고
땅 끝의 새벽까지 스며

새벽 힘찬 발소리 들려오라고
벼랑더러 들으라고 하늘더러 대답하라고
찬 흙에 볼 비비며 노래 불러야 한다
우리들의 숨결에 더운 불빛이 일 때까지

<1976>

그 물

노량진동 산 108번지에 사는 노인 崔씨는
새벽마다 한강에 나가 그물을 던진다
동틀 때까지 그물에 걸려온 것은
새끼 작은 송사리 눈이 잠긴 숭어
그리고 햇살에 튀는 고요 몇 마리
崔씨는 더 깊은 곳으로 나가 그물을 던진다
송사리 뒤에는 더 큰 송사리가
숭어 뒤에는 더 빠른 입이
고요 뒤에는 더 커다란 귀가 도사리고 있음을 그는
안다
그러나 다음 다음 그물에도 걸려온 것은
녹슨 붕어와 또 송사리새끼들
그물에 얽혀 할딱이는 혀
그리고 사람들이 입에서 베어버린 뒤 꼬리가 돋은
말 한 마리
崔씨는 더 깊은 곳으로 나가 그물을 던진다

<1976>

시흥의 봄

시흥역전 공터 위에 낮게 뜬 제비 몇 마리
하늘로 날아올랐다가 내려와 앉을 곳이 없어
파랗게 돋은 머리를 들고 본다
공터에는 부서진 벽돌들과 오래전에 밥지은 자취
새로 들어선 군부대에서 버린 깡통들과 쓰레기
늙은 개 한 마리가 철조망 가를 어슬렁거리다
성난 군가소리에 놀라 내빼는 곳엔
애를 업은 중년남자가 구들장을 파고 있다
이등병 같은 노오란 새끼를 데리고 온 작년 제비는
제 주인인가를 알아보려고 곡괭이 끝에 앉았다
잠든 애기 볼을 스쳤다 하며 재재거려보지만
파자마 바람의 사내는 하늘 높이
곡괭이를 들어올려 땅을 찍고
돌을 찍고 무심한 가슴을 찍는다

<1976>

후 꾸 도

장사나 잘 되는지 몰라

혹석동 종점 주택은행 담을 낀 좌판에는 시푸른 사

과들

어린애를 업고 넋나간 사람처럼 물끄러미

모자를 쓰고 서 있는 사내

어릴 적 우리 집서 글 배우며 꼴머슴 살던

후꾸도가 아닐는지 몰라

천자문을 더듬거린다고

아버지에게 야단 맞은 날은

내 손목을 가만히 쥐고 쇠죽솥 가로 가

천자보다 좋은 숯불에 참새를 구워주며

멀뚱멀뚱 착한 눈을 들어

소처럼 손등으로 웃던 소년

못줄을 잘못 잡았다고

보리밭에 송아지를 떼어놓고 왔다고

남의 집 제삿밤에 단자를 갔다고

사랑이 시끄럽게 꾸중을 들은 식전아침에도

말없이 낫을 갈고 풀숲을 헤쳐
꼴망태 위에 가득 이슬 젖은 게들을 걷어와
슬그머니 정지문에 들이밀며 웃던 손
만벌매기가 끝나면
동네 일꾼들이 올린 새들이를 타고 앉아
상머슴 뒤에서 함박 웃던 큰 입
새경을 타면 고무신을 사 신고
읍내 장터로 서커스를 한판 보러 가겠다고 하더니
갑자기 서울서 온 형이
사년 동안 모아둔 새경을 다 팔아갔다고 하며
그믐날 확독에서 떡을 치는 어깨엔
힘이 빠져 있었다
그날 밤 어머니가 꾸려준 옷보따리를 들고
주춤주춤 뒤돌아보며 보름을 쇠고
꼭 오겠다고 집을 떠난 후꾸도는
정이월이 가고 삼짇날이 가도 오지 않았다
장사나 잘 되는지 몰라

천자문은 다 외웠는지 몰라
칭얼대는 네댓살짜리 계집애를 업고
하염없이 좌판을 내려다보며 서 있는 사내
그리움에 언뜻 다가서려고 하면
나를 아는지 모르는지 모자를 눌러쓰고
이내 좌판에 달라붙어
사과를 뒤적거리는 사내

<1976>

어느 늦가을 저녁

비가 내린다
말이 운다
공치는 날엔 막 뒤에서 섰다를 벌여 주막으로 가자
속은 쓰리고 가슴은 비었는데
마을로 가서 노랭이를 깨울까
날이 흐리면 또 한 막이 끝나는 것
포장을 열고 산천을 둘러보면
삶은 또 한 해처럼 저물어가는 것
어깨를 털고 기운을 돋우어 난쟁이,
마지막 한판을 멋지게 놀자
울고 웃는 것이 우리들의 일
슬픈 사람들끼리 슬픔으로 웃는 것이 우리들의 일
웃다가 우리 모두 궂은비 맞아
거적 속에 으스스히 잠든다 해도

<1976>

標　　的

풀잎 곁에는 늘 하나의 돌이 놓여 있다
풀잎이 울어도 누워본 적이 없고
별빛 속에서도 빛나본 적이 없는
어두운 돌이 하나 하늘을 향해 반듯이 놓여 있다

<1976>

먼   동

張인잔이는 서울이 그립다고 한다
구장네 똥장군을 짊어지다가도
새마을 스피카를 듣다가도
못 견디게 보고 싶은 공장 동무들
웃통을 벗고 달구어진 쇠를 치고
큰 소리로 유행가를 부르다 일어서면
더욱 기운이 솟는 팔다리
야근의 새벽 밥집에서도
다리 밑 좁은 선술집에서도
내일을 이야기하던 늠름한 얼굴들
좀처럼 식지 않는 어깨
소문도 없이 공장이 문을 닫은 날
밤거리에 벌떼처럼 아우성으로 남더니
다 어디로 갔는지 몰라, 힘뿐인 사내들
선술집도 문을 닫고 밥집을 걷어가버려도
모자를 쓰고 그 앞을 서성거리더니
다시 만나자고, 만나서 또 웃자고

뿔뿔이 거기서 흩어졌는데
어디 가 무슨 일 하고 있는지 몰라
張인잔이는 올 겨울이 다 가기 전에
꼭 한번 서울을 가야겠다고 한다

<1976>

바람이 불면

날이 저문다 바람이 분다
바람이 불면 한잔 해야지
붉은 얼굴로 나서고 싶다
슬픔은 아직 우리들의 것
바람을 피하면 또 바람
모래를 퍼내면 또 모래
앞이 막히면 또 한잔 해야지
타는 눈으로 나아가고 싶다
목마른 가슴은 아직 우리들의 것
어둠이 내리면 어둠으로 맞서고
노여울 때는 하늘 보고 걸었다

<1976>

의   자

의자에 앉으면 흔들리는 것이 있다
바람도 불지 않는데
흔들리는 누가 있다
흔들리는 것은 내가 아니라고
흔들리는 것은 그대가 아니라고
다짐하고 맹세하며 흔들리는 누가 있다

<1976>

정 님 이

용산역전 늦은 밤거리
내 팔을 끌다 화들짝 손을 놓고 사라진 여인
운동회 때마다 동네 대항 릴레이에서 늘 일등을 하
여 밥솥을 타던
정님이누나가 아닐는지 몰라
이마의 흉터를 가린 긴 머리, 날랜 발
학교도 못 다녔으면서
운동회 때만 되면 나보다 더 좋아라 좋아라
머슴 만득이 지게에서 점심을 빼앗아 이고 달려오던
누나
수수밭을 매다가도 새를 보다가도 나만 보면
흙 묻은 손으로 달려와 청색 책보를
단단히 동여매주던 소녀
콩깍지를 털어주며 맛있니 맛있니
하늘을 보고 웃던 하이얀 목
아버지도 없고 어머니도 없지만
슬프지 않다고 잡았던 메뚜기를 날리며 말했다

어느 해 봄엔 높은 산으로 나물 캐러 갔다가
산뱀에 허벅지를 물려 이웃 처녀들에게 업혀와서도
머리맡으로 내 손을 찾아 산다래를 쥐여주더니
왜 가버렸는지 몰라
목화를 따고 물레를 잣고
여름밤이 오면 하얀 무릎 위에
정성껏 삼을 삼더니
동지섣달 긴긴밤 베틀에 고개 숙여
달그당잘그당 무명을 잘도 짜더니
왜 바람처럼 가버렸는지 몰라
빈 정지 문 열면 서글서글한 눈망울로
이내 달려나올 것만 같더니
한번 가 왜 다시 오지 않았는지 몰라
식모 산다는 소문도 들렸고
방직공장에 취직했다는 말도 들렸고
영등포 색싯집에서 누나를 보았다는 사람도 있었지
만

어머니는 끝내 대답이 없었다
용산역전 밤 열한시 반
통금에 쫓기던 내 팔 붙잡다
날랜 발, 밤거리로 사라진 여인

<1976>

후   회

한 사람이 새벽에 일어나
새벽을 후회하기 시작한다
한 사람이 밤에 일어나
밤을 후회하기 시작한다
한 사람의 후회가 모든 밤을 깨울 수 없고
한 사람의 후회가 모든 새벽 밝힐 수 없는데도
후회는 새벽을 흔들고
새벽은 또 밤을 흔들어
한 사람과 다른 사람과 또 다른 사람들을 서로 깨워
놓고
오래오래 자기처럼 잠 못 들게 하다

<1976>

제 2 부

벌판으로

모두들 가고
이제는 더 남김없이 아득한 나라
숨어 사는 친구의 머리맡에 다가서면
마음 편해라
먼 곳에서 원수처럼 돌아와
주먹 같은 뜬눈으로 누워 사는 친구
마음 그 곁에 눕혀놓고 일어서고 싶어라

한번 더 한번만 더 망설이고 참았던 나날들
그 두려운 밤길 가까스로 넘어와
단 한번 빛났던 고운 얼굴들 밟고 서서
가슴 조이며 기다렸던 밤
그 밤이 우리에게 돌려준 것은
벗도, 사자도, 그리운 쇠북도 아닌
찬 칼날을 품은 새벽

모두들 스러지고 뿔뿔이 흩어져

44

흘린 피마저 자취도 없을 때
배 가르고 고이 누운 친구 곁에
마음 눕혀두고 저 가느다란
울음 끊어질 듯 새어나는
벌판으로 가고 싶구나
가서 고요히 바치고 싶구나

<1975>

찬비 속에서

아픈 몸 혼자 남아 빗소리를 듣는다
가을 찬비 속으로 길 떠난 벗들
오래오래 모르는 곳을 서성이다
눈물 글썽이며 돌아와 같이 누울 것 같은 저녁답
들불 같은 마음으로 멀리서 걸어온 한 벗
오늘 또 다시는 오지 못할 길 떠나겠다고 문 밖에
와 서 있으니 어이 하리
돌처럼 서 있으니 어이 하리
가다 멈춘 찬비 속에서
두 눈 빛내며

<1975>

46

면   회

이 세상 어디에도 갈 길이 없어
가다 가다 목이 쉬어 돌아왔느냐
벗도 발자욱소리도 사라져버린 곳
걸어 걸어 새벽에 다시 찾은 나라에
돌짐승처럼 입 벌리고 선 사람아

<1975>

光　州

안개 속에서 안개에 갇혀
안개를 져나르는 외로운 사내들이 보인다
벌판에 쌓인 안개는 새벽에
승냥이가 되어 시내를 향해 울부짖는다
가까스로 일을 끝낸 사내들을 잠 못 들게 하고
일어서서 맨주먹으로 걷게 하는 곳
걷다 보면 나라도 꿈도 파멸의 빛깔이다
어제는 成彬이 어제는 또 萬玉이의 이마를 내리찍은
도끼여
무등산을 넘는 山달에도 네 자욱이 선명하다
대낮에 마주잡은 우리들 손등에도 선명하다
혀가 떨어지게 배반하지 않고서는
사랑하는 사람 속속들이 삼키지 않고서는
잠들지 못하는 도시여
쫓기는 발자욱들 다급히 맞아들여
발길질로 두들겨패 다시 잠재워
끌어안는 큰 팔이여

오늘은 또 멀리서 매맞은 한 아들 불러들여
고운 피 받고 잠들게 하나

<1975>

여름 속에서

귀가 트였으면
이 여름에는 두 귀가 트여
곧은 소리 들을 수 있었으면
밤하늘 변방에 뜬
의로운 소리 놓치지 말았으면
소리개 높이 날아
소리란 소리 다 파먹어도
벼랑에 가 우뢰처럼 부서지는 소리떼
한마디도 놓치지 말았으면
묵은 귀 잘라버리고
햇볕에 잘 울리고
빗속에서 싱싱한
귀가 돋았으면

눈이 트였으면
두 눈 맑게 트여
十里를 볼 수 있었으면

十里 앞을 걷다가 斬首된 사람들
풀밭에 떨어진 번개 같은 눈들 지나치지 말았으면
별 하나이 흘리는 눈물
아득한 땅에서 이는 연기
칼빛 속에서 소리치는 크나큰 손들
덥석 잡을 수 있었으면
썩은 눈 빼어버리고
나뭇잎에 닿으면 고요히 오므리고
쇠를 보면 한 자는 뛰쳐나올
커다란 눈을 가졌으면

<1975>

고요한 가을

가을 속에는 누가 살고 있을까
끊어질 듯 끊어질 듯 가까이서 멀리서 나 부르는 소리
부르다가 다가서면 귀 세우고 더듬이째 잦아드는 소리

가을 속에는 누가 오고 있을까
산 넘고 물 건너 긴 다리를 뻗어
쓰러져서도 발소리 죽여 야밤을 타는 소리
새벽을 딛는 소리

가을 속에는 누가 기다리고 있을까
풀섶에 스치는 타는 눈동자
등뒤에서도 갈참나무 뒤에서도 빛나는 눈동자
가을 속에는 누가 누가 숨어 오고 있을까

<1975>

다시 형님에게

어떻게 왔을까
봉창에 귀 기울이다
마당을 성큼 질러 고요를 타고 넘어간 발자국
새벽을 뒤쫓아가도
그리움 따라가 보아도
끝내 돌아선 사람
어디로 왔을까
바람 뒤에서 발을 돌리는
낙인보다 더 깊이 패인 저 얼굴

<1975>

대숲에서는

대가 자라는 소리가 들린다
대숲에는 아무도 가지 않았다
귀가 자라는 소리가 들린다
대숲에는 아무도 가지 않았다
소리가 자라는 소리가 들린다
대숲에는 아무도 가지 않았다
靑대가 귀를 달고 걸어나온다
대숲에는 아무도 가지 않았다
소리가 대목발을 짚고 걸어나온다
댓잎파리들이 귀가 패인 소리를 달고 걸어나온다
머리털이 하얗게 센 말들이
궁둥이를 하늘로 쳐들고 걸어나온다
대숲에는 아무도 가지 않았다
대숲에는 아무도 가지 않았다

<1975>

오늘을 울자

아침 찬비 속에 낮게 엎드린 지붕 하나
처마에 닿아 낮게낮게 속삭이다 흩어지는 연기
누가 볼까
오늘은 또 갈 곳 없는 한 아들 떠난다고
밥짓다 말고
돌각담에 기대어 하늘 끝 바라보시는 어머니
누가 있어 다시 볼까
갈아엎은 논바닥에서 눈 꿈벅이다
찬 이슬 맞는 미꾸라지 한 마리
오늘을 울자
오늘을 울자
성긴 빗발 속을 떼지어 돌아온 매운 새떼들
떨리는 발 모두어 모두어 서울 쪽 본다

<1975>

55

갈   길

가야 할 길은 하나
등뒤에 쓰러진 벗들, 발목을 붙들고
같이 가자 소리쳐도
뿌리치고 걸어야 할 길은 하나
저 태양 소리없는 눈을 뒤집어뜨고
까무러치는 곳
돌덩이 같은 달 파랗게 박힌 하늘로
지평선으로

부러진 팔 쓰린 눈으로
더듬어 찾아야 할 것은 하나
움켜쥐고 낯 비벼야 할 것은 하나
웃음으로 잠들어야 할 것은 하나
거기에 가서

목메이게 불러야 할 것은 하나
흔들어야 할 깃발은 하나

싸움이 끝난 땅에서
칼날이 잠든 땅에서

그러나 이내 걸어야 할 길
숨막힌 밤 속을 뚫고
갑옷을 뚫고
가야 할 길은 천리
함께 걸어야 할 그리움에
몸부림치는 이름없는 벗들
못내 떨치고 가야 할 길은 만리

<1975>

南   녘

南쪽 끝은 서러워라
떨리는 손 밀리어 밀리어
떨리는 자유 안고 마지막 와 닿은 변방

눈뜨고 팔려가는 촌년들
치마로 낯을 가리고 돌아보는 거리
너 예까지 오고 말았구나
굴레 쓴 말들 피를 보고 뛰는 거리
재갈을 물고 딸을 팔고도 더욱 씩씩한 입들
오늘은 귓불 같은 눈이 내려 고요히 덮는구나

촌년아 툇마루에 엎드려 신음 묻은 붕대를 빠는 촌
년아
애비가 나오는 光州까지
눈보라 속을 또 걸어서 갈 것이냐

쇠방울 눈을 단 청년들 회번뜩이며

두고 온 나라의 꿈에 얼어붙은 곳
오늘은 또 먼 곳서 피 흘린 사내 하나
등에 업혀 찾아드는
눈 속에 묻힌 南녘

<1975>

서 울 길

호출명령서 한 장 받아들고
서울로 간다
논밭에서 일어선 가슴들 이길 수 없어
이 삽날 이길 수 없어
너를 묶은 사슬 이길 수 없어
이 애비, 서울로 간다
나라가 없을 때는 할아버지 찾아
두 주먹 움켜쥐고
숨어서 오르내리던 서울길
나라가 선 뒤에는 그 나라가 나 불러
솜옷 한 벌 못 들고 간다
성북서가 어디더냐
대학이 어디더냐
창 밖에 물어 물어 이길 수 없어
서울로 간다
갈가마귀 떨어져 쌓인 들판 지나
갈가마귀 하늘에 박혀 우는 하늘 아래로

할아버지 누운 가슴을 딛고 간다
서리를 딛고 간다

<1975>

노래하는 딸들

한강가 연못시장에 가면
밤만 되면 스물스물 요란하게
피어나는 꽃들이 있지
꽃잎이 피어도 노래 부르고
순자가 자살한 밤에도 노래 부르고
삼베옷 뻣뻣한 순자엄니가
주소 들고 딸 찾아온 새벽에도 노래 부르고
판잣집이 뜯겨 더 캄캄한 개천둑으로 옮겨서도
밤 밝혀 내일을 노래하는
거세한 여자들이 있지
탁배기 한 되로 안주값도 없이
으스러져라 껴안아볼 수 있는
콩밭이 낳은 딸들이 있지
들썩거리며 山谷에서 불거진
실한 쌍년들이 있지
오늘 두 다리 꼬옥 오므린 채 가파른 밤에 서서
그곳을 가리고 노래하는 꽃잎일지라도

내일은 대지를 딛고 화들짝 필
싱그런 연꽃들이 있지

<1975>

가을이 와도

가을이 와도 분명한 사람들은
손 들어야 할 곳에서 분명하게 손을 들고
너무도 분명한 곳을 가리키며 망설임도 없이
분명한 코로 길을 건너가
다시는 돌아보지 않는다
돌아보는 것은 그들의 일이 아니기 때문이다
한번만 돌아다보라 분명한 자들이여
돌아온 가을은 그렇게 분명하지만은 않다
등뒤로 빠져나간 어떤 가을은 벌판으로 가서
깨밭의 참깨들을 털다가 쌍눈깔의 밭주인에게
뒷다리가 붙잡혀 몰매를 맞는다

가을이 와도 기교주의자들은
더욱 기교적으로 밥을 먹고 기교적인 파란 똥을 눈
다
큰 입을 벌려
파란 똥은 이 시대의 최상의 아름다움이라고 떠들다

기교 최상의 잡지사에서 만나
밤이슬에 젖은 목을 잦혀
탄성을 지른다
그러나 기교주의자들이여 바라보아라
돌아온 가을은 그렇게 기교적이지만은 않다
그대들의 기교적인 웃음에 놀라
창 밖으로 뛰쳐나간 어떤 가을은
거리의 술꾼들이 던진 소주병에 머리를 얻어맞고
통금이 지나도 일어서지 못하고 피를 흘린다

<1975>

야   음

사람들이 다 잠들기를 기다려

옆집 기계는 야음을 타고 재빨리 돌기 시작한다

털털거리는 발동기소리는

야음을 틈타 시 한 편을 써볼까 하여

깔짝거리는 내 머릿속을 뚫고 들어와

노오란 플라스틱 젓가락들을 한바탕 쏟아놓고 식식

거린다

올빼미 같은 옆집 주인은

내 골통 속으로 자기네 젓가락들이 새나오는 것도

모르고

야밤의 한밑천에 단단히 홀려

기름을 축이고 숨가쁜 목을 조여

새벽까지 털털거리다

본전도 못 뽑고 기계보다 먼저 곯아떨어진다

<1975>

빗 소 리

출렁이던 가슴들 하나로 외쳐
거기까지 다다르자 했더니
간밤의 먹구름에 뿔뿔이 흩어지고
나 홀로 남아
갔던 길 되짚어오다 갈밭새 후들기는
빗소리 듣는다
이 자슥아 이 자슥아 철썩철썩 내려치다
뽀오얀 볼로 갈대머리 쓰다듬고 가는
카랑카랑한 참빗소리 듣는다

<1975>

67

솔

시 쓴 지 십년도 못되어
머리에서 솔이 자란다
가위로 솎아내고 뿌리를 뽑아도
파란 솔은 머리를 덮고
이마에까지 심줄을 뻗는다
거울 앞에 서서
면도로 시퍼런 솔을 치고 외출하였지만
돌아와 거울 앞에 서면 듬성듬성한 솔
솔뿌리는 다복솔을 이루고 나를 가둔다
밤새도록 가두었다가 아침이 되면
다시 가두어 밖으로 내찬다
밖에 나가 나는 더 열심히 거짓말을 지껄였고
거짓말에 갇혀 방에 돌아와
뿌리 깊은 솔을 자르고 다시 나간다
시 쓴 지 십년도 못되어 구년도 못되어
이마까지 턱밑까지 솔뿌리가 뻗는다

〈1975〉

68

引　　火

아무도 눕지 않은 깊은 밤, 주검 곁에서 일어난
가난한 마음이 켜고 있는 불을 보아라
한 마음이 다른 마음을 위하여
숨죽이며 켜고 있는 불을 보아라
이 밤이 지샐 때까지, 고요 뒤에 노리고 선
첩첩의 눈이 뚫릴 때까지
돌에 눌린 가슴을 찾아
이웃에서 이웃으로 몰래몰래 깜빡이는
한 사람의 새벽 불을 보아라

<1975>

꿈 一場

　길을 가다가 나는 갑자기 그분들을 껴안고 싶어 쩔쩔매었다. 그분들 중의 한 분은 말대가리를 달고 앞장서서 걷고 있었는데 두 귀는 쫑긋하여 옆사람이 말을 걸 때마다 그 귀가 입을 벌려 받아먹는 것 같았다.

　나는 그분 가까이 다가가 "당신을 사랑해"라고 말했다. 곧 귀가 움직거리더니 '사랑해'까지 집어삼켰다. 나는 다시 한번 시험해보았다. "당신을 미워해." 이번에는 침도 안 바르고 집어먹었다. 요런!

　"국어가 안 들려?"

　(집어삼킴)

　"너는 우리나라 人이냐?"

　(삼킴)

　"백성들이 보이느냐?"

　(삼킴)

　"무섭지 않느냐?"

　(삼킴)

　"않느냐?"

(삼킴)

"않느냐?"

(삼킴)

"썅!"

(삼킴)

꿈에서 깨어나서도 나는 그분이 그리워 어쩔 줄 몰랐다. 나는 즐거워서 낄낄거리며 내 두 귀에 손을 가져갔다.

악!

<1975>

텔 레 비

곳곳에 파고들어 귀를 깨우고
추운 길로 끌어내 세 치 혀를 내미는 놈아
이 어둠 속에서는 아무것도 보이지 않는다
변방에 이는 불도
날다 새파랗게 탄 새도 소문보다 빨리
죽은 형도 보이지 않는다
텔레비야
곳곳에 파고들어 눈을 가리고
낄낄거리며 등돌려 손가락질하는 놈아
더 멀리 달아나서 달콤한 소식 만들고
저만 알아듣는 깊은 귀를 세우는 놈아
이 가려운 소리는
아무도 듣지 않는다
우리의 피가 스미지 않은 소리는
아무도 듣지 않는다
쉽사리 울다 그치는 가수들의 노래 뒤에서 남 몰래
벌판을 가는 짐승들의 신음

쓰러져서도 꿋꿋하게 싸우러 가는 어깨들

결코 돌아서지 않는 발들

다시는 너 부르지 않는다

<1975>

제 3 부

새벽 들

　오금동에서 송파로 넘어가는 방파동 들머릿집, 늙바
리 색시와 함경도 주모가 육백을 치다 부둥켜안고 잠
든 단칸방에 숨어, 우리는 얼굴을 잃어버린 놈들끼리
어울려 며칠째 술을 마셨다. 이것도 저것도 쌍놈도 배
운 놈도 답답해 문을 차면 가슴을 주고 싶은 바보같은
허허벌판. 한떼의 더벅머리를 싣고 쏜살같이 모퉁이를
돌아나오는 트럭 뒤에서 새파랗게 질린 새벽이 우리를
보자 고개를 돌리고 떨었다. 하나 남은 노모를 묻고
온 삼동이는 주먹을 치켜들고 술상을 엎고, 큰길까지
나갔다가 쫓겨온 고물상 張은 바람벽에 머리를 박고
숨을 죽였다. 한바탕 난장이 끝나고 나면 다시 뜨거워
지는 지랄같은 얼굴, 갈 곳 없는 얼굴 위에 그리운 눈
들. 주모를 깨워 밖으로 내쫓고 정신없이 제 팔을 물
어뜯다 돌아보면 옆구리를 치는 어김없는 손, 입을 막
는 그 손 앞에서도 내 마음 앞에서도 나, 약해질 수
없구나. 목덜미를 얼싸안고 새벽길로 끌려나서면 넉
달째 못 받은 노임도, 한칼에 눈 부릅뜨고 넘어지던

십장도 한번 더 잊어버려야지. 발길에 채어 눈밭에 엉
덩방아를 찧으면서도 외팔이, 왜 이렇게 흥겨운 것이
많다냐. 건초더미 위에서 허옇게 썩은 달이 하나 모락
모락 떠올라 끝내 이기고 가는 낯들을 정답게 비춰주
었다.

<1974>

대   침

보릿대죽으로 저녁을 때운 날은
밤 개구리들이 유황불 같은 눈을 뜹니다
물쌈 끝에 아버지가 살아 뛰던 논바닥을 지나
문수골로 갔습니다
더덕을 캐고 장에 내갈 고사리를 꺾고
허리를 다친 엄니 대신
못자리 풀을 뜯었습니다
기슭을 지르는 풀꾼들의 낫
발에 밟힌 산딸기에도 놀라
생살을 베며 억새풀 속을 기었답니다
장닭과 함께 부친 편지는 받아보았는지요
새끼를 낳다 죽은 중돝보다도
석 달째 못 나간 중학교보다도
더 걱정되는 오빠의 대학
쑥심지를 당겨 대침을 뜨고 있는 엄니 방문 앞에서
약을 달이고 앉아 있으면
물監을 때려눕힌 뒤

저수지를 터놓고 서울로 달아난

그때 그 선머슴이 우렁 같은 두 눈을 껌벅이며

돌아올 것 같습니다

온 들이 시퍼렇게 춤추던 그 아침 어스름 속으로 돌

아올 것만 같습니다

<1974>

귀 이야기

귀를 두 개 가진 사람을 보았습니까
왼쪽 귀가 오른쪽 귀에 건너가
"개새끼!" 하는 것을 보았습니까
오른쪽 귀가 왼쪽 귀를 잡아당기며
"이 날강도 같은 놈!" 하는 것을 보았습니까
서로 자기 귀가 옳다고 마르고 닳도록 꽥꽥
싸우는 것을 보았습니까
왼쪽 귀는 오른쪽 귀를 쑤시며
가짜라 하고 오른쪽 귀는 왼쪽 귀를 밀어내며 가짜
라고 하는 것을 보았습니까

한쪽 귀만 열심히 달고 다니는 사람들을 보았습니까
法定 귀를 안 달았다간 개좆이 되는 나라를 보았습
니까
한쪽 귀만 단 사람들의 귓속을 보았습니까
귓속에 또 한 개의 귀를 은근슬쩍 감추고
숲 속으로 가는 사람들을 보았습니까

숲 사이에 하얗게 깔린 귀들을 보았습니까
나무 사이로 기어다니는 똥구멍 달린 말들을 보았습
니까
잎사귀 위에 붙은 소문의 귀들을 보았습니까

귀가 없는 사람들을 보았습니까
자기 귀를 삼키고 자결한 사람을 보았습니까
시퍼런 칼로 싹둑 잘라
남의 귀를 삼킨 사람을 보았습니까
더 삼키는 사람을 보았습니까
다른 나라 귀를 밀매하는 은밀상점을 보았습니까
양철 귀를 찍어내는 제철회사를 보았습니까

<1974>

각 설 이

청내골 그 양반 왔네
들판에 널린 뼈를 덮는
진눈깨비 속을
지게에 업혀 떠난 것이 엊그제 같더니
큰 얼굴 말없이 다시 왔네
왕대밭에 들앉아
삿갓이나 만들어 팔 것이지
멍석이나 메꾸어 모진 살 덮을 것이지
어쩌자고 앞산에 숯불 같은 아들은 숨겨놓고
주먹밥을 날랐는지
별빛을 날랐는지
두 눈이 패이고 다리 부러져
동네를 쫓겨나서도
떨리는 지팡이로 앞산 찾더니
땜통을 메고 왔네
산 넘어간 아들 찾아
큰 산을 찾아   <1974>

出　奔

흑석동 山허리에 시퍼런 낮달 하나 떠올라
악악 소리치며 지지 않고 있다
길 가던 사람들 **死色**이 된 서로의 얼굴에 놀라
가까스로 팔다리 내밀어
그림자 뒤로 걷고 있다

달을 따라가셨는지
잠 못 드는 발자욱이나 되었는지
모든 책 사르고 그리움 밀고
한번 간 사람 오지 않는다

<1974>

책벌레에게

어제 없어진 친구 다시 와
내 방 두드리며 같이 가자 한다
창 밖에는 눈 까뒤집고 달리는 바람
허공에 번뜩이는 얼굴
그제 사라진 친구 흙 묻은 발로 책 속에서 뛰쳐나와
내 입 틀어막고 같이 죽자 한다
창 밖에선 바람 속으로 뛰어내리는 이마
이빨이 깨어지고 두 눈 갈라져
새벽 끝을 기는 부싯돌 같은 눈알
오늘 어둠 속에서 불거진 친구
목도 없이 무릎 꿇고 일어서서
너 혼자 잘살아라 한다

<1974>

青盲의 소리

돌풍이 불어온다. 삼촌은 망했어. 가을하늘을 우박
이 때린다. 소문을 덮고 모두 잠들었다. 가난한 시인
한 마리 깨어 弔電을 친다. 짐승소리다. 여대생 하나
돌아오지 않았단다. 잘했다. 시궁창에는 맞아죽은 밤
달 하나 휘영청 떴다. 밤이 깊었다. 꺼이꺼이 낮술을
토하고 서리 맞은 기러기처럼 내뺀다. 수유리에서 안
양으로 옮겼다. 대낮에도 쌍불을 켜고. 아니 삼촌은
쫓기지 않았다. 파도 위엔 달빛. 어디로 가야 하나.
배 한 척. 말없이 걸리는 돌멩이에도 새하얗게 질린
사람들.

<1974>

가 까 이

바람이 분다. 불어라. 네 발로 기어 내 친구, 머리
가 깨져 왔다. 간밤을 뛰쳐 소리도 없이, 얼굴도 없
이. 뻘밭에 엎드린 달 하나 새하얀 얼굴을 든다. 수유
3동 공터에 늘어붙은 갱엿 같은 개들의 울음. 가까스
로 名簿에서 빠져나온 사람, 패인 달을 안고 잠들었
다. 누군가의 손이 삐어져나온 철창 밖에 흰 눈 내린
다. 내린 눈 땅에 닿으면 지문이 되는 나라, 고요로
가는 다급한 발자국들이 패인다. 가는 곳마다 불쑥,
땅에서 바다에서 솟는 발에 사정없이 채이며 떠도는
사람, 새 귀가 돋아 또 어디로 떠나는지. 상처를 찌르
는 달빛. 자욱한 소문 속에 묻힌 먼 도시에서도 새벽
을 넘으려는 사람들이 벌판 끝을 조이며, 어깨를 치
며, 가까이 더 가까이 다가오고 있다.

<1974>

밤   길

고삐가 걸린 사람
길을 간다
걷다가 돌아서서 뒤돌아보고
이름없는 사람들 불탄 눈 떨며 스러져간
그 밤길 간다

<1974>

형수를 위하여

형수는 이제 아무것도 묻지 않는다
밤이 들이미는 흙 묻은 발도
고요가 내미는 손도 잡지 않는다
형이 세상에 드러나고부터
그 새벽 치뜬 눈
거리 향해 더 크게 닫히고 나서부터
보지 않는다 밤마다 밤 뒤에서
형의 뒷방에서 사라지는 더 많은 형
그들 뒤에 보이는 흰 발소리도
발목을 잡고 나둥그러지는 발목도
얼굴보다 앞서서 돌아오는 覆面도
기다리지 않는다
형이 세상에 숨고부터
찢긴 입 구석구석 향해 더 크게 열리고 나서부터
듣지 않는다
돌아가지 못하고 창문 두드리는 소리
소리 위에 소리없이 얼어붙은 귀

형수는 부르지 않는다

형이 세상 밖으로 쫓겨나고부터

깨진 무릎 그리운 이름 향해 일어서다 꺾이고 나서
부터

<1974>

1974

항구 남쪽에서도 귀신이 나왔다고 한다
해안통 쪽에서 나타나 시내 복판으로 들어가는
더벅머리 셋을 보았다고 한다
사람들을 향하여 무슨 말을 중얼거리다가
볼일이 있다고 재빨리 사라졌다고 한다
아무도 그 말을 들은 사람은 없다

光州에서도 대낮에 여우가 나왔다고 한다
온몸에 불을 켜고 충장로를 달리는 것을
보았다고 한다
여우는 사람들 다리 사이로 빠져 달아나면서
무슨 말을 중얼거렸다고 한다
아무도 그 말을 소리낸 사람은 없다

永登浦에서도 여자 둘이 나왔다고 한다
야근을 하고 돌아가는 새벽 철둑길에서
여자 둘을 본 여자들은 집에 와

문을 걸어닫고 사흘 낮밤을 숨어 있었다고 한다
아무도 그들을 본 사람은 없다

龍山우체국 옆길에서도
붕대를 감은 대머리들이 나왔다고 한다
어깨들을 끼고 돌아가는 삼각지를 불러제끼며
돌아갔는데
아무도 그들을 기다린 사람은 없다
삼각지를 따라 부른 용산 술꾼들은
땅을 치며 하룻밤을 새우고 왔는데
이튿날부터 술을 끊었다고
술꾼 중의 1인이 쉬쉬하며 내게 전해왔다

<1974>

새벽까지

말없는 사람들
때로는 말없음을 힘이라 껴안고
모르는 곳으로 고개 돌려 참는 거리
말없이 길을 열어 이 병신 보내는구나
더 멀리 돌아서 당도한 그곳
어디서부터 어디까지가 사랑인가
밑도 끝도 없는 밑을 걸어올라오는 발
목까지 걸어올라오는 또 다른 나라
안 보이는 그 뒷사람이 나를 가르치는지
저 넓은 가슴 내가 거역하는지
일어서서 벽을 잡고 다시 굴러도
이 밤은 대답 없고
주먹만 내미는구나
새벽까지 고요히 내미는구나

<1974>

귀   향

간밤 이엉 위의 박꽃

흰 눈 치뜨고 지더니 모포에 싸여

너 돌아왔구나

밤이슬 맞으며 굽은 허리 펴

별 하나 빛나라 빌었더니

텃논 팔아 오금밭 팔아 너 하나 높은 공부 보냈더니

미쳐서 묶여서 흰 눈을 뜨고

너 이제 왔구나 돌아왔구나

저물녘 흰 그림자들 수수밭 뒤로 사라지더니

그날 삼구덕에 갇힌 애비

피투성이 손발로 날 부르며 기어오더니

검은 새 한 마리 감나무에 앉아 우는 달을 쪼며 자지러지더니

수십 개 네 얼굴 새벽하늘로 불쑥 솟아 끼룩거리더니

<1974>

제 4 부

눈이 내린다

아무도 살지 않는 나라에
눈이 내린다.
알지 못할 한마디 맹세가
시퍼렇게 떨다가 스러지고
그 소리를 듣지 못한 소리가
그 위에 몸 비비며 스러지고
그 소리를 지키지 못한 소리가
소리 뒤에 쌓인다.

누구도 들을 수 없는 나라에
소리가 내린다.
소리 뒤에 주먹처럼 고요히 내린다.

아무것도 볼 수 없는 나라에
누구의 멍든 눈이 눈을 찾는다.
그 눈을 보지 못한 눈이 반짝이고
눈 뒤에서 반짝이던 눈이

자기의 없는 눈을 찾아
캄캄한 곳으로 사라진다.

아무도 찾을 수 없는 나라에
누구의 손이 묶여 간다.
그 손을 잡는 손이 떨다가
자기 손을 잃어버린다.
잃어버린 자들의 가슴에 뭉클한
손이 내린다.

<1973>

소문을 듣고

밤이 깊었다. 우리나라엔 밤이 깊어도 돌아오지 않는 이가 많다. 내 친구야 아무리 돌아누워도 들린다. 파도소리, 네 굽은 등이 이끄는 그 소리 점점 커져감을. 보지 마라 보지 마라. 백지 속에서 빛나는 큰 손. 동숭동에서 언덕바지 하숙에서 돌아보던 큰 삶. 모르는 곳에서 불행한 귀들을 짜르며 바람이 불어온다. 눈 밝은 대낮에도 가을은 새하얗게 돌다리 밑으로만 기어들고 미처 숨지 못한 그의 아이들이 펑펑 터진다. 새벽이 오면 최후의 사람들이 정다운 낮이 되어 온다. 갈대들이 살 속에서 흰 팔을 뽑는다. 그러나 깊은 달이 지는 곳에서도 오지 않는 너. 동쪽에는 얼음이 다 된 해가 하나 떠 까옥까옥 흉흉한 소문들을 뿜어냈다.

<1973>

먼 곳으로 간 친구는
낮달이 되어 떠돌고

창백한 얼굴을 가리며 너는 숨는다. 부끄러워 너는 돌아와 갈 수 없다고 눈 부릅떠 보지 않겠다고. 몸을 떠는 바람. 발각된 저 대낮의 함성. 스러지는 그림자. 서녘으로는 가지 않겠다고. 이 악물며 다시는 않겠다고 뿌리치는 달. 거부하는 바다. 않겠다고 않겠다고 손 짤린 흰 새벽. 물 속에서 가지 않는 달이 하나 떠올라, 끝내 이 땅의 어깨를 껴안고 떠올라 곳곳을 떠도는구나.

<1973>

한강을 지나며

한강을 지나며 어둠을 껴안고 있는 人家의 아픈 불
빛들을 본다. 풀려온 사람들은 자기의 살이 스민 불빛
에 기대어 이 밤의 푸른 精氣를 빨고 빨다가 제 이름
이 보일까 봐 이내 백지장이 되어 깜깜한 포도 위를
긴다.

<1973>

반짝이는 것은 무엇인가

어떤 별들과 인간의 꿈은 깊이 상통한다.
밤이 오면 쓰라린 땅을 매맞아 버림받은 사람들이
지키고
그 위의 하늘을 별이 지킨다.
인간의 눈이 되고 싶은 어떤 별들은 지상에 내려와
어둠 속에서 더욱 빛나는 사람들의 상처에 살아 뛰
며
자기 피를 주고, 오래 말없는 상처를
자기처럼 껴안고 자기 눈이 껌뻑일 때까지 반짝이다
가
새벽이 동터오면 또 불 꺼진 영혼들을 찾아
아무도 없는 길로 내뺀다.

<1973>

덕석몰이

까마귀 쏟아지는 밀밭 넘어
덕석을 끌고
너 떠나간다 형수야
내리친 칼날
내리친 구들장에서 아버지가 들키고
곰배팔들에게 잘린 머리채
중중머리에 수건 두르고 이내
피로 삼은 짚세기 끌고
너 떠나간다
덕석에 몰려 구르는 지아비
맷돌은 한밤을 눌러
토지개혁이닷 토지개혁이닷 아랫말 놈들이
말뚝을 뽑아
쌀뒤주를 찌르고 굴뚝 깊이
소리치는 지아비 입을 찾았다
해 뜨자 내 땅엔 울긋불긋
남의 팔뚝들이 백혀 있다

먼데 가서 더러워진 이 몸을 팔까
밭머리에 던진 호미가
캐어낸 손이 되어
너 부른다 형수야
가지 마라 가지 마라
다시 묻힌 발목들이 일어서서 외친다
눈코가 패인 얼굴들이
생모래를 뱉으며
앞을 가로막아 선다
헤쳐가는 돌부리에
귀가 걸려 넘어진다
흐느끼며 발가락이 부러진다
칡뿌리를 풀고
덕석을 편다
아 서리 돋은 지네 한 마리가
발딱 일어서다 떨어진다
핏자죽이 멈춘 황토 끝에도

지아비는 보이지 않았다
덤불 위에 주저앉아
형수는 피투성이 속곳을 벗는다
멈추었던 노랫가락 한 가락이 구름 한 자락을
빨갛게 물들인다
서쪽 하늘에 덕석 한 장이 메꾸어지고 있다
파내버린 들판으로 고이는 노을

<1973>

서영분양

서영분이라고 한다. 고등공민학교 1학년 진반. 새벽
네시에 철공소로 나간 아버지는 밤이 터져야 굽은 허
리를 넘고 돌아와, 달아오른 팔다리로 토벽을 치고 떡
판을 내동댕이치다가 녹물을 쏟고 떨어진단다. 말없는
몽둥이들을 안고 잠들지 않는 산, 이마를 드는 언덕.
등성이까지 밀려온 밤을 깎는 남폿불. 컴컴한 얼굴을
뒤집어쓴 트랙터가 껄껄 웃는 소리에 놀라 떠오르는
노오란 쉐터의 담임선생님. 밤낮으로 드럼만 치러 나
가는 오빠는 헤헤거리며 너희 담임 괜찮게 생겼더라고
놀리지만 2기분 수업료를 못 바쳤단다. 코가 달아난
운동화로 그리운 곳을 향해 아무리 뛰어도 못난 얼굴,
부끄러운 손, 오늘도 교실에 못 들어갔단다.

<1973>

매   형

금융조합을 털리고
허리가 부러지도록 얻어맞은
남편은 무 구덕에 돌아와 숨었다
반란군처럼 가을이 가고
손가락 끝까지 노랗게 물든 사람들이
조합 뒤터로 떨어져 굴렀다
부릅뜬 눈을 뜨고
남편은 두더지가 되어 구덕을 파내려갔다
먼데서 온 구두가 깔깔거리며
시아버지를 짓밟고
후래쉬 불빛에 끌려 진눈깨비 속으로
머슴이 뛰었다
찜질에 닳아
쑥물을 흘리며 구덕 속으로 떨어지는 해
땅은 흐느끼고 피는 마르고
한밤중 떨리는 입술로 짚벼늘을 헤쳤을 때
이마에 서리를 인 채

남편은 시퍼런 백발이 되어 있었다

<1973>

어느 辯士

　가리가찌도우게(狩勝峠) 철도 공사판에서 왼팔을 잃
고 돌아온 우리 아저씨는 이슬보다 더 잘 구르는 흰
목청의 각시를 얻어 구례장터 화개장터로 떠돌아다녔
는데요 구슬픈 징소리로 소들을 몰아내고 포장을 치고
말뚱내 나는 연극을 시작했습니다 **것이었다 것이었다**로
끝나는 아저씨의 장닭목에 채소전도 김십장도 무잎 돈
은 귀를 모았답니다.
　**── 철삿줄에 묶여 북해도로 오빠가 끌려가는 날 옥분이
는 차마 떨어지지 않는 발을 옮겨 집으로 돌아왔던 것이
었다 아아 이게 누구의 장난이란 말이냐 고등계 형사 야
마다(山田)가 그 징그러운 뱀눈을 뜨고 우리의 가련한 옥
분이를 따라가고 있었던 것이었다 ──**
　몸뻬를 입은 옥분이가 문을 열고 들어서고 장꾼들은
숨을 죽이고 야마다가 등장할 길을 비켜주었다 긴 칼
을 차고 야마다가 나타나고 옥분이가 놀라 자빠지고
그러나 이때 갑자기 아저씨의 목소리가 끊어졌다 **것이
었다 것이었다**는 구성진 소리만 멀어져갈 뿐 파장이

되고 장돌뱅이들이 뿔뿔이 흩어지고 난 뒤에도 옥분이
가 무대에서 일어서고 대추나무집 머슴 고만득이가 금
테 형사모를 벗은 훨씬 뒤에도 **것이었다 것이었다** 아저
씨는 다시 오지 않았던 **것이었다** 각시는 긴 손톱으로
벽을 파고 새벽이 오면 원수 같은 쪽달을 낳고 잠들었
습니다

<1973>

옥　례

연애를 걸었단다

딸 뜨는 미자네 美粧院도 쫓겨나고

구장터, 박하내 나는 봄눈 속을 헤맸단다

식은 해를 삼키고 돌아온 아버지는

손가락을 자르고 작두를 안고 길길이 뛰고

툇마루에 쓰러져

쑥물 뜬 노을을 쏟았다 장날이 와

노름빚에 끌려가는 할아버지 눈을 닮은 암소,

고삐를 잡고 할머니가 여물청에 나둥그러지면

읍내로 가는 길 위에 암소는

화끈한 울음을 쌌다

가슴같이 더운 팥을 확독에 갈아놓고

헉헉 노오란 헛구역질을 참느라면

철물점 만식이도 살구 같은 풋달도

풀물 든 내 이마도 보이지 않았다

별을 지고 언덕을 내려서는 아버지

저승보다 더 밝고 밝은 空山길로 내려서는 아버지

110

귀신같이 흰 실밥을 늘어뜨린 대추나무
위에서 분칠한 까마귀 한 마리가 기어나왔다

<1973>

滿　　月

누룩 같은 만월이 토담벽을 파고들면
붉은 얼굴의 할아버지는 칡뿌리를 한 발대
가득 지고 왔다
송기를 벗기는 손톱은 즐겁고
즐거워라 이마에 닿는 할아버지 허리에선
송진이 흐르고
바람처럼 푸르게 내 살 속을 흐른다
저녁 풀무에서 달아오른 별들,
노란 벌이 윙윙거리면
마을 밖 사죽골에 삿갓을 쓰고
숨어 사는 어매가
몰매 맞아 죽은 귀신보다 더 무서웠다
삼베치마로 얼굴을 싼 누나가
송기밥을 이고
봉당으로 내려서면
사립문 밖 새끼줄 밖에서는
끝내 잠들지 못한

맨대가리의 장정들이 컹컹 짖었다
부엉이 울음소리가 쭈그리고 앉은
산길에는 썩은 덕석에 내다버린 아이들과 선지피가
자욱했다
어둠 속에 숨죽인 갈대덤불을 헤치고
늙은 달이 하나 떠올랐다

<1973>

머슴 고타관씨

그는 왼손이었어 숫돌에 갈아
왼손으로 말하고 마늘내 나는
들판을 벗고 머슴들을 불러
미농지 위에 오른손을 잘랐어 갈대밭에서
돌아온 그의 낫은, 일어서는
불꽃을 소리지르는 호박을 자르고
볏가리에 숨은 주인의 고요한 귀를 베었어
배추 같은 귀들이
소금가마니를 뚫고 비쳤어
기름 새는 발동기가 끌려가고
정미소 창고에선 소문에 내리찍히는 송아지 뒷다리
몰래몰래 사발 같은 눈들이 열린 대밭에서
캐어낸 무릎
죽순들이 돋아 있었어 허옇게
뒤집힌 눈들이 뛰는 방죽 너머로
대창 높이 물에 빠진 여자 머리를 찔러
돌아오는 그

114

우렁눈에서 벌이 날고
밤이면 나팔보다 더 커진 귀로
바람을 쏟았어
아침놀이 내리자 말뚝 박힌 주인집 채마밭에
마을 사람들을 모아 느그들!
하고 식식거리며 쳐든 왼손은
쇠스랑이었어 어느 쪽이여? 손을
들어보랑께로 얼른얼른!
대가리 없는 무우처럼 섬뜩섬뜩 왼손들을 뽑아들자
푸른 이를 깨어 그가 웃었어
하하하하하하
갑자기 그는 왼손을 거두고
지게와 젊은 아내를 끌고 뒷산 쪽으로 내달았어
산맥을 껴안고 헬리콥터가 떠오르고
송진을 뚫고 나온 개들이 기슭을 짖었어
화염이 멎고 마을 사람들이 뒤쫓아갔을 때
진달래 깎아지른 낭떠러지 끝에

쇠스랑손을 붙든 채 그의 아내가 기어오르고 있었어
벼랑 위에는 아내도 버린 채 지게만 동여메고
그가 불붙은 한쪽 다리로 달리는 것이 보였어
아직도 복샷빛 환한 아내는
그의 녹슨 왼손과 함께 장터마을에 사는데
그의 한쪽 다리를 사로잡은
그때 그 순사를 따라 사는데

<1973>

침묵귀신

발도 없이 구두 한 켤레가 새벽의 자궁을 따고 나온다.
발목은 보이지 않는다. 검정 구두 한 켤레가 빌딩 속으로
급히 빨려들어간다. 얼굴은 어디로 갔을까. 아무 일도 일
어나지 않는다. 빨간 엘리베이터가 서고 짤칵, 바짓가랭이
가 뒤우뚱거리며 나온다. 다리는 보이지 않는다. 보이지
않는 다리가 식탁에 놓인다. 나이프. 질겁을 하고 유리를
박차고 달아나는 四肢. 잿빛 거리 아래에선 팔다리도 없는
사람들이 어깨를 치고 오랜만이야. 오랜만이군. 심장 속에
서 새까맣게 탄 손을 꺼낸다. 자네 귀가 보이지 않아. 딱
딱한 저녁공기. 일렁이는 수풀. 아무 일도 일어나지 않는
다. 아무 일은 어디로 갔을까. 광장을 노리는 눈부신 선글
라스 세 놈과 말에서 떨어진 강철의 노예 다섯. 3대 5. 사
람들은 다 어디로 갔을까. 자네 입이 이상해. 재갈을 물려
야겠어. 혓바닥 수천 개가 아궁이에 부어졌다. 구들장을
들썩거리며 타는 노을. 눈이 멀어가는군. 그래. 나는 침묵
에서 온 귀신. 시인마귀다. 잘 가라. 다시는 죽지 마라.
슬픈 책 한 권이 전차에 오른다.

<1973>

마 천 동

틀국수집을 지나 검정다리를 건너
거여동 제2재건대 뒤 공터에
친구는 고물점을 차렸다
국민학교 때 그 친구의 별명은 불알탄
학교가 파하면 탄을 찾아
맨발로 헤맨 웅덩이
귀 한쪽이 달아나던 그때 그 굉음이
잠잠해지자 친구는 내 이름을 부르며
손을 붙잡았다
빈 병과 녹슨 철물과 강냉이
튀밥이 바람에 흩어지는 고물상 마당
탄피와 구리를 캐는 눈 큰 아이가 서넛
친구의 한쪽 귀에 고함을
지르고 검은 기름의 개천 뒤로
사라지면 천막을 뚫고 기어나오는
배추벌레 같은 햇살들, 파출소 등쌀에
며칠째 맨손으로 돌아온

벌건 얼굴들은 바라크에 둘러앉아
마천댁 외상술을 들이켜며
게거품을 물고 주먹을 떨고
몽둥이를 휘어잡고 큰길로 내달리다가
팔팔한 재건대패에 몰려
물먹은 소처럼 나둥그러진다
소주병이 옆구리를 찌르고
삽자루가 번쩍이고
이마를 내리치는 쇠뭉치,
식칼을 들고 싸움판에 뛰어든
외아들을 붙들고 마천댁이
땅을 치며 부르짖어도
싸움은 끝나지 않았다
피 묻은 삼베옷을 적시는 이슬
파밭머리에 내려앉은 별 하나가 씻기고 있었다

<1973>

제 5 부

타   작

아버지는 왜 오지 않는가
논바닥을 덮는
노란 서숙모가지가 돋은 새떼들
우여우여 새여,
부황든 달을 파는 손톱, 滿朔의
누나는 한숨으로 쑥고개를 넘는데 대낮처럼
붉은 얼굴로 中天을 걸어내려오는 더벅머리들
타곳으로 한번 간 바람은
왜 오지 않는가
수수 그림자를 내리찍는 괭이
빈 들을 껴안고
어머니는 밭고랑에 쓰러지는데
칵, 칵, 칵, 칵, 노을 속에서 떨어지는 들쥐들
돈벌러 간 아버지는
왜 오지 않는가
쭉정이를 한짐 부려놓고
부리나케 성칠이놈은 서릿발 장땡이

타는 흘렛집으로 내뺀다
애비처럼, 망할 놈의 뜬눈의 새벽처럼

<1972>

오 빠

아편을 맞고 오빠는
다시 미친개가 되었다
한끼 먹고 하루에 육십원
하는 이장네 콩밭을 맨다
홈논이 보이고 지난해 가뭄
물꼬에 처박혀 지렁이가 된
아버지가 보였다
말을 팔아
삼촌은 어디로 갔을까
오빠는 논밭 다 올려가
높은 공부 하다가
저 병신 되어 왔는데
더덕 캐러 간 언니는 다시 못 볼 고사리나 되었나
삼베 이고 엄니는
아편 사러 갔는데
쥐약 먹은 고추밭이 칵칵 뱉는 개구리
푸른 발들 오빠 찾아

앞산에 뛰고
들키지 않을까
빈 오양간 땅굴에 누운
우리 오빠는 숨막히는데
이장네 콩밭
질경이풀도 무성하여라
자수하라 자수하라 호각소리 들리고
호미는 몇 번이고 내 발등을 찍었다
검정 수건 두른 아낙들이
피 묻은 고무신을 끌고
저녁밭에서 돌아간다
밀짚모자 밑에서
초가지붕들이 헉헉거렸다
연기도 없는 굴뚝에
누렇게 꿈틀대는 해
그 꼭지를 따서
호박죽을 쑨다

땅을 들썩거리며 오빠가 울었다

<1971>

마부의 꿈

말똥을 싸며 당숙은 밤새 앓았다
탱자울에 사락사락 내리는 소금
만주벌이 보이고 강철의 말이 서너 필
화려한 수컷의 코를 들고 화약내 나는
달빛 속으로 돌아오고 있다
만세 대한독립만세 독립만세
푸른 갈기 돋은 네 발로 기어
당숙은 황급히 사랑방 문을 찬다
오늘밤도 타작술에 눌어붙었을 더벅머리 칠성이놈이
말안장을 걸쳐메고 못다 넘긴 된
高福壽를 뽑아넘기며 위태위태 넘어오고 있다
옆구리를 파고드는 배갈 같은 서리에 떨며
당숙은 새벽 문을 닫고 돌아눕는다
방앗간에 매어둔 늙은 말이
칠흑 같은 앞다리를 꺾고 쓰러진다

<1972>

부　　역

형님은 누에
서울에서 돌아와
흙벽을 파고
잠들지 않았다
담쟁이풀 뒤에
말 못할 낙인의 주먹들이 두드리고 있었다
둥둥둥 과부들이 달리고 있었다
그림자들이 비늘을 털고
일어선 소학교 마당에
대창에 찔려
은어새끼 네 아들이 구르고 있었다
속곳을 벗고
망아지를 낳고 참았던
서방을 낳고 과부들은
두 개가 된 형의 목을 뜯고 있었다
밤송이 같은 여름해의 껍질을 까고
뜬눈을 빼었다

뽕나무밭이 숯덩이로 달아오른다
누나야 내려와봐 누나야
주재소에서 풀려온 애비의 한 팔은
지네, 깊은 산을 부르짖고
전신이 뱀이었다
기슭을 기어
입맞춘 노을
원통하게 원통하게 물어뜯던 하늘
살아 있어
잿속에서 갓난 핏덩이를 끌어안고
반역의 불더미 위에
에미는 아직 살아 있어
산으로 살아서 간 네 애비야
멍멍히 독사가 된 네 애비야
대들보가 타서
미쳐서 네 에미가 타서 혓바닥이 타서
몸서리치는 땅의 종이 솟아서

울어라 누나야 울어라 억새봉아

<1971>

흉   년

보리밭 속에 일렁이는 피
누나는 깜둥이에게 깔려 있었다
쪼콜렛과 소총이
다붙은 입술을 열고
오디처럼 오래오래 마을에 터졌다
가을 밭갈이 때
쟁기날에 머리가 으깨어진
깜둥이 한 쌍을
구호물자와 함께 늙바리 황소는
삼켰다 긴긴 해 황토밭엔 깜부기만 익고
땅을 벌리고 황소가 낳은
네발의 흑송아지
누나는 건초 밑에서 목을 매었다

<1971>

삼   밭

땡볕에 모가지가 뛴다
싹둑 잘린 머리가
비를 부르고
타는 비에 부릅뜬 눈알이 탄다
팔 잘리면 내던지고
다시 돋은 곡괭이로
돌밭을 파헤치고 일구어낸 땅
일구어낸 피 바치고 살이 된 땅
반란의 총칼 밀어닥쳐
삼구덕에 밭주인들을 가둬넣고
삼을 쪘다
쩍쩍 판자들이 갈라지고
곡괭이 부러진 팔다리들이 냇가에 뛰었다
삼대를 치는 며느리 낫에 입덧이 내리고
홀몸이 말을 듣지 않는다
삼뿌리를 뽑으면
팔뚝에 살아 뛰는 번개

도마 위에 무딘 칼로 삼다발 벳기면
그날의 피가 손가락에 배인다
제빗대처럼 아랫도리 까진
남편의 비명이 들린다
낟가리 끝난 삼밭에 쓰러져
쇠창살이 돋는 며느리 통곡
원한의 그 가마에 불 들이붓고
거칠은 삼 부리고 아들이
본다
움푹 패인 두 눈이
산머리채 산머리채 돌아다
본다

<1971>

누   룩

몰래몰래 누룩이 익었다
숨죽인 싸릿골을
너 짊어진 애비의 지게는 뜨고
사무친 피고름을 고이 안에 숨키는 사람들
삽질을 멈추고
심지 박힌 팔뚝끼리 껴안았다
누가 노예의 딸을 버리기 시작했는가
우두를 맞고
무섭게 무섭게 식민지가 앓는다
죽어서 네가 마마를 벗어나도
용서할 수 없는 나라
돌에 눌린 관이 들리고
능욕당한 네 다리가 삼베를 씹는다
아직 한줌의 흙은 흐느끼지 않는가
애비 가슴의 퍼어런 문신에서
쇠꼬챙이가 뽑힌다
탱자울타리에 묻은 용솟은

134

징마저 사른 왜놈의 부지깽이가
콸콸콸 가슴에서 석유를 쏟고
애비가 거꾸러진다

<1971>

사할린에서 돌아온 어느 동포

보드카 한 병 차고 왔다
가마니 속에 너 떠나보내고
백발이 세어도 오지 않는 석탄무개차
젊은날 묶여 간 짐승은 돌이 되었다
돌짐승도 목타서 울부짖었다
압제의 26년은 땅 위에 드러난 지옥
여름은 산 입에 재갈을 물리고
수백 개의 태양을 훔친다
살육이 자라는 농장에
연기와 아름다운 비료
숨은 눈들이 툭툭 튀어 얼어붙은 나라
비스카리탄스키 비스카리탄스키
국적 없는 소금이 내리는 달밤
수풀 속에서 일어서는 해골
탄을 캐다 곡괭이가 된 팔다리들이
널판자에 박혀 국경 쪽으로 갔다
담배밭에서 뽑은 발목

쇠고랑이 채인 채 삭지 않은 피
무슨 이름으로 황금의 머리들은
낯선 산곡 아래 뒹구는가
무슨 원수로 내 청춘을
시퍼런 낙인 찍어 돌려주는가
지샐 녘마다 모밀 익는 아리랑은 밀려오는데
양산도가락은 살을 파는데
라디오가 깨면 머나먼 내 땅
살아 있는 송장들이 푹푹 썩는다
썩어서 쇠파리에 깊이 찔려
부른다 그리운 사랑 그리운 조국
핍박이 무엇인가 자유가 무엇인가
속삭이는 흙
오 미치게 비비고 싶은 10원
보드카 한 병 차고 왔다

<1971>

푸른 눈과 미늘기 목장

풀이 돋은 동맥이 보일는지 몰라
비탈을 뛰어 칡을 캐고 사냥 나간 할아버지가
오지 않는 밤엔 풀뿌리를 씹었어
이 더벅머리, 굶주린 손톱을
이상한 눈으로 바라보지 마
가진 것이란 울먹이는 주먹밖에 없지만
산속에선 배암도 다 내 것이야
붉은 말등을 내리쳐 네가 갈밭을 달릴 때
채찍에 벗겨진 어깨를 감추며
할아버지가 주인의 사냥에서 돌아왔을 때
네 파파의 나이프가 깔깔거리며 노루 목을 자를 때
두 눈을 가리고 말등에 나를 달려 사격연습을 할 때
달걀을 훔쳐 먹었다고 사흘을 닭장에 갇혔을 때
어둠 속에서 더운 빵을 쥐여주던
네 얼굴에 침을 뱉었을 때
젖소들에게 밟혀 죽은 할아버지를
외양간에 덮어두고 목장을 떠나는 날

말에서 너를 쓰러뜨려 욕을 보일 때
싸움터에서 활을 잃고 돌아왔을 때
아무도 몰래 핏덩이를 낳아놓고
너는 왜 울었는지 몰라
지금도 갈대를 자르면 젖이 흐르는데
등허리에 풀 돋친 말들이 가을벌을 달리는데
햇볕에 네 투명한 손가락들은 튀어오르고
어쩌자고 어쩌자고 나는 이십년을 울었는지 몰라

<1971>

강 냉 이

숨죽이고 익었다 벌건 귀

소리없이 외쳤다 칼날에 베인 입

틀어막고 타작을 하랴

피에 들킨 들쥐떼 우수수우수수 서쪽으로 날고

거기 무지개 무너진 밀밭에 해와 함께 숨어 사는

우리 누나는 양공주

노랑말이 돌아오면 어쩔래

주인의 방울소리는 온몸에서 떨어져

헉헉거리며 나는 향기나는 곰보가 되는데

기다리는 호롱불마다 박이 익었다

네가 삼킨 뜨건 애기를 낳아라

대지를 파헤치고 노오란 애를 낳아라

고쟁이 벗기운 채 붉은 이슬에 발딱이는 누나야

매서운 포크 아래 하루도 잠들어야 하는 이 못난 뚝
배기에

뜬다 뜬다 살점 묻은 달이

버터에 발려 흥건한 고쟁이에

140

시푸른 사슬자국 아들이 담긴다
말이 돌아오면 어쩔래
숨차 뭉킨 돌들이 노랗게 흐른다
코를 찢으랴 새끼줄에 내 코를 꿰어달고
키 큰 밭주인이 언덕을 내려선다
금발의 수염 밑에 툭툭 튄 팔들이
으스스으스스 떨었다
어떤 놈은 벌써 자기의 불알이 없었다

<1971>

고추밭에서

나의 사랑은 끝났노라.

불벌을 토하면

내 가슴엔 서릿발 죽순이 나고

아침놀에 뛰는

풋개구리 삼키고

어스름 술푸대에

고인 에미를 따고

네 생살 돋은 나의 여름은 끝났노라.

끓는 재에 입 닦고

꽃구녕 벌름벌름

주정뱅이 꽃배암 기어들고

능욕을 견디며 견뎌내며

네 온몸을 뚫고

차마 붉게 솟은

나의 팔다리

서산에 지는 내 이마의 혹도

사탕 다 되어

고랑 건너 설익은 황토는 타고

<1970>

매 미

잘못 박힌 송곳니에 물리는 햇살
통째로 씹히면서 그러나
퍼렇게 기어가는 놈들
五官의 불 익은 철삿줄에 누워
목숨의 한 가락 가락이 끊어진다.

단념한 저 吉順이의 수풀 속에서
번쩍이는 도끼
잉잉대는 사랑의 이파리를
팔다리로 토하면서 나는 뛰었다.
목울대에 걸려 넘어진 대리석 기둥
펄펄 끓는 머릿속 벌레가 되고
혁명의 금간 내 손등을 내리찍는
이 빛 뻣뻣한 화살은 누구인가.

발목이 삐었다.
죽은 아버지와 잇닿았던 관솔

아버지의 흰 뼈의 새 움이 동트고
노래하는 살 가득 고이는 송진
두드려라 이 몸의 어디를 눌러도
나는 금속의 햇살이고
그 쩌렁쩌렁한 놋쇠일 테니.

<1970>

1942년, 침략자의 경기장에 뛰던 수말들

짐승처럼 울부짖고 마늘내 나는
목을 꺾어 길길이 뛰고
우리는 사각모자를 벗어
황족들의 숨죽인 스탠드 위로 던졌다
꼴 인 꼴 인 꼴 인 꼴 인
연장전 1 : 1 앞으로 남은 시간 2분 10초
어깨어깨 좁혀서 대쉬를 하고
허리가 무너지면 깨끗한 태클
폭포보다 더 빨리 쓰러지며
빼앗겼던 볼을 빼내
세계의 저 밖으로 차낸다
아 제국정부의 노오란 煙幕 높이
솟아오른 볼
펄럭이는 하늘이 찢어지고
시푸른 물감처럼 떨어지는
아시아의 일부
저 배반의 수놈

불타는 수증기의 이마로 날아올라
레프트 윙에게 점프 발리 킥
속공과 이 활달한 침략의 야수들
식민지 깊은 곳에서 불거진
오줌과 소금뿐인 이
대륙의 아들들
겁에 질린 노란 섬과 섬의
오입쟁이들을 뚫고
센터 포드의 이빨과 수염투성이의
클린 슛 아 멸망과 파도
파도 속에 뛰어든 압제의 번개
살아 뛰는 한 마리의 슛
무서리처럼 휘슬이 내리고
꼴 인 꼴 인 꼴 인 꼴 인
명치신궁 외원 경기장의 저녁을 알리는
사이렌이 긴 혀를 빼어물고
1942년 제국의 종말의 소리

우리는 스탠드를 박차고 나가

조선에서 온 날렵한 더벅머리들을 얼싸안고

서로의 맥박을 확인하며

아리랑을 불렀다

진정하라 조선학생들 진정하라는

마이크 소리도 아랑곳없이

면도칼 같은 순사들의 호각소리에도 아랑곳없이

망또를 벗어제낀 어깨 어깨에 선수들을 태우고

신주꾸의 비어홀로 쫓기면서 쫓기면서

아리랑 아리랑 아리랑 아리랑 아리랑을 목메어 불렀
다

   * 1942년 10월 일본 동경에서 열린 제13회 명치신궁 체
     육대회 축구 결승전. 우리 평양팀은 일본 이바라기 시
     다찌(茨城日立)팀을 맞아 1대 1로 연장전까지 끌다가
     경기 종료 직전에 한 골을 빼내 극적인 승리를 거두었
     다고 한다.

<1971>

소　금

불붙은 제 몸을 후벼파는 새 한 마리
자정의 숲은 부은 눈을
감지 못한다.
그 아물지 않는 침식기의 살갗으로부터
뽑혀나는 인류의 푸른 팔
젖 흐르는 지층 밑으로
나는 엎드려 있다.
바닷가엔 무더기로 원목이 내려 쌓이고
내려 쌓이고 껍질 벗겨진 진득진득한
송진의 햇빛 속에서도
무한한 가늠대를 세우고
일어서는 시간의 잔등
잠 끝의 사나운 파도는 밀어닥쳐
나는 가마솥 깊이깊이 끓고
몇 낱의 산 입, 몇 낱의 염분으로
떠 있다.
사방 벽을 물어뜯는 뻣뻣한 바람

거기서 오래 빛나는 그릇
부삽 위에 뛰어오른 치잣빛
이빨을 보았고
그 납작해진 흰 뼈를 닦는다.
살아 남은 이 귀는 무엇인가.
비린내나는 심장의 한 잎새에서
미루나무의 굳은 혀는 짤리고,
팔딱팔딱 뛰면서 소금이 된다. 언어가 된다.
할퀴이면서 처참히 맑아지는
피의 한 방울,
대지를 축일 것인가.
목 뒤에 쩔쩔매어 허물거리는
부스럼 같은 머리를, 뒤덮인 창자를
뜨거운 모래 위에 떨어뜨리고
새는 온몸으로 자정을 녹아 날은다.
숨막히게 팔과 뼈로 껴안고 있는 땅,
퉁퉁 부은 내 귀는 듣는다.

해안선이 갈라지고 오므라들면서
거기 한 사람의 깨끗한 발이
파도처럼 커가고 있음을.

<1969>

採　炭

바닷가에 버린 原木더미에도
죽은 炭夫의 돋아나는 귀
地層 밑껍질 겹겹이
나는 빠져 있고
혀끝이 짤린 시간 속에서도
무한한 가늠대를 세우고
일어서는 자, 나는
빙하 끝으로 둥둥 뜬다
한랭선의 그물코에 걸려
납작해진 사람이여
내 안의 까맣게 탄 뼈에 깨어
듣고 있는가
자라지 않는 뿌리,
끄떡이며 물 밖으로 내 목이
떨어진다
採掘의 깊고 그윽한 한때
깨스등에 넘친 밤

뽑혀난 목적은 축축히 젖고
다시 밝아온다
석회암 깊이깊이 나는 매몰되고
매몰되고, 통찰의 번쩍이는 렌즈
炭層 벽에는 사자들의 맑디맑은
혼이 박혀 있다
오 난해한 내 믿음의 곡괭이가
보이느냐
묻힌 모든 나의 어리석음을
물주전자에 끓이는 단 하루의 模糊를
캐어내는 소리
그 격렬한 분노의 억누름도
짧게짧게 꺾여가고
제 마둥의 허리 부러진 자유,
비틀린 푸른 불꽃 하나씩은
이파리다, 그들 작은 이념의
새순의 에미다

온몸에 열려 있는 삽질소리를 열고,

퍼낸 바다를

炭船은 떠났다

<1969>

跋　文

李　　盛　　夫

　자기가 살고 있는 시대나 사회현실을 노래하는 시인들이 흔히 빠지기 쉬운 곳은 관념의 늪이다. 50년대 후반기와 60년대 전반기에 활약했던 우리나라의 소위 '현대적' 시인들이 이 늪에서 헤어나지 못했음은 우리가 잘 아는 바와 같고, 이같은 현상은 아직도 우리의 시에서 완전히 불식된 것이 아니다. 예컨대 이 무렵에 쏟아져나온 저 많은 전쟁시, 사회고발의 시, 현실인식의 시 등이 대부분 관념의 경화된 모습과 난해성을 그대로 드러낸 채 양산되지 않았던가. 이 폐단은 오늘날에도 어렵지 않게 발견된다. 같은 이야기를 여러 차례 다른 말로 되풀이하는 데 그치는 안일주의, 지나친 강변(强辯)으로 말미암아 시를 저급의 언어집합체로 만드는 난폭성 따위가 그것이다. 어느 경우에도 우리는 "또 그게 그 이야기로군!" 하고 이맛살을 찌푸리게 된다. 심한 경우에는 아예 읽기를 포기하지 않을 수 없을 만큼 막막하고 힘겨운 상태에까지 다다른다.

　참으로 우리가 바라는 것은 '획일'과 '관념'이 아닌 '시'이다. 자기 시대의 삶의 구체적 형상화로서, 보편적 정서의 밀도 짙은 획득으로서, 우리에게 다가서는 '시'이다. 시인 이시영의 적지 않은 작품들에서 우리는 결코 경화된 관념에 물들지 않은(혹은 극복되는), 70년대 한국시의 아름다운 한 모습을 보게 된다. 무엇보다도 먼저 그는 시를 알고, 시가 노려야 할 내용을 아는, 그리하여 그것을 민중의 것으로 생생하게 육화시키는 능력을 지녔다는 점에서 퍽 소중한 시인이다. 이것은 시인이라면 누구나 다 할 수 있는 작업이 아니다. 우수한 시인이 갖추어야 할 뛰어난 재능과 체험, 그리고 시대나 사회현실을 보는 시인의 예리하고도 성실한 통찰력으로써만이 가능한 것이다.

이시영의 모든 작품들은 한결같이 내용의 절실함과 고도의 시적 기교가 잘 조화되는 묘미를 갖추고 있다. 어떤 평범한 사물도, 그의 맑고 깊은 렌즈를 통해 나오면 전혀 새로운 얼굴로 되며, 보다 많은 사람들에게 신선한 경이를 제공하게 된다. 이것은 그가 때묻지 않은 감각에 잘 훈련되었다는 입증도 되고, 나아가서는 사물을 보는 그의 태도가 근본적으로 집단의 한가운데서 시작됨을 알리는 좋은 본보기라 할 수 있다. 가령 무엇을 '상징적'으로 표현한다고 할 경우에도 그는 개인의 것으로는 만족할 수 없는, 보다 많은 사람들의 생각과 이해에 접근하려는 노력이 엿보인다.

그의 시를 읽어가면서 느끼는 우리의 놀라움이란, 곧 그의 폭넓은 체험과 무한한 상상력에서 비롯되며, 그것들을 철저히 시적으로 요리할 줄 아는 그의 현명한 능력에서 긴 여운을 남긴다. 그는 그 자신의 어린시절의 기억들을, 아무 의미 없이 그냥 지나쳐버려도 좋을 기억들을, 가치의 차원으로 환치시키는 고도의 기능공이다. 그에게

서는 일견 단순하고 평범한 농촌풍경도, 그 내부의 모순
이나 밑바닥을 응시함으로써 하나의 역사적 풍경이 된다.
그는 지극히 개인적인 이야기들이, 자기와 비슷한 삶을
영위해온 수없이 많은 다른 사람들의 이야기들과 깊게 관
련되어 있음을 확신하고 있다. 가장 가까운 이웃들이 피
흘리고, 미치광이가 되어가는 것을 지켜보는 아픔을 말하
는가 하면, 아편과 노름과 버림받은 게으름이, 개인을 뛰
어넘는 역사적 의미로 조명되기도 한다. 시인이 포괄하는
이 어린시절의 기억들은, 다음에 오는 '무서움'과 '두려움'
으로 그 맥락이 이어진다. "주먹 같은 뜬눈으로 누워 사
는 친구" 곁에 자신도 눕고 싶고, "가을 찬비 속으로 길
떠난 벗들"을 따라 저도 가고 싶어한다. 그러나 끝내는
"야음을 틈타 시 한 편을 써"보는, 미미하고 허약한 자신
을 발견하게 된다. 그는 특정한 한 시대의, 힘없고 외로
우나 끝내 선량할 수밖에 없는 사람들을 대변하고 있는
것이다.

　　바람아 너희 나라엔 얼굴도 없는가
　　서서 멈출 발자국도 없는가
　　풀섶을 헤쳐가는 소리 죽인 눈도 없는가
　　떨리는 가슴 닿을 다음 땅은 없는가
　　바람아 너희 나라엔 아무도 아무도 없는가

　최근 보이고 있는 이시영의 목소리는 모두 이렇게 무엇
에 대한 그리움이나 기다림에 바쳐지고 있다. 아무래도
아직은 손닿을 수 없는, 그래서 더욱 간절한 열망의 편린
들로 번득이고 있다. 때로는 정치적 현실에 대한 비유로,

때로는 끝내 타협할 수 없는 세속과 비인간화에 대한 저항으로, 이것은 그의 시를 앞으로도 더욱 건강하게 만드는 약속의 내용이 될 것이다. 그는 우리의 시대가 요구하는 시인의 한 골격을 드러내고 있기 때문이다.

後　記

　그동안 여기저기 발표했던 작품 중에서 고르고 미발표
작 중에서 또 몇 편을 골라 발표연대와 역순으로 실었다.
내 딴에는 열심히 쓴다고 써왔던 것 같은데 묶어놓고 보
니 허전하기 짝이 없다. 좀 고쳐볼까 하는 생각도 해보았
지만 그렇지 않아도 일그러져 있는 얼굴에 얄팍한 분칠을
하는 짓일 것 같아 그만두었다.

　정말, 좋은 시를 쓰고 싶다. 그것이 나의 꾸밈없는 노
래이면서 우리들의 진정한 노래로 불려질 수 있는 시를.
허나 나의 인간수업은 아직 멀었고 나의 시 또한 참다운
우리들의 노래에 이르기에는 아득하고 아득할 뿐이다.

　설익은 관념의 토로가 시라는 이름으로 발표되었는가
하면, 낯뜨거운 말재주들이 곳곳에 버티고 있고, 가슴에
이르지 못한 분노들이 다스려지지 않은 채 튀어나오기도
했다. 이 모두가 우리들의 절실한 체험에서 유리되어 있
다는 점에서나, 한 편의 시로서 형상화를 결여하고 있다
는 점에서나 나의 시는 아직도 실천의 뿌리를 내릴 만한
든든한 실체를 못 찾고 있는 것일시 분명하다. 실체가 없
는 소리들은 공중에서 떠돌며 저 홀로의 괴로움에나 깊고
깊을 것이다.

　허나 시인이 어디 하루아침에 똥누다가 이루어지랴!

지난 몇 해 동안 불안스레 두리번거리며 걸어왔던 시간을 교훈 삼아 저 매서운 바람 귓불을 때리는 겨울 혹독한 거리로 나서야지. 그리하여 봄을 기다리는 사람들과 더불어 넉넉한 가슴으로 기다려야지.

어려운 시절, 여러가지 말 못할 사정 속에서도 미미한 나에게까지 첫시집을 마련케 해준 창작과비평사의 여러분에게 감사드린다. 이 조그마한 책이, 지금도 추운 곳에서 고생하고 있을 벗들에게 진 다함없는 빚의 몇십분의 일이나마 갚을 수 있게 되었으면 좋겠다.

1976년 12월

이 시 영

창비시선 10

만월

초판 1쇄 발행／1976년 12월 6일
개정판 1쇄 발행／1994년 4월 10일
개정판 7쇄 발행／2021년 4월 19일

지은이／이시영
펴낸이／강일우
펴낸곳／(주)창비
등록／1986년 8월 5일 제85호
주소／10881 경기도 파주시 회동길 184
전화／031-955-3333
팩시밀리／영업 031-955-3399 편집 031-955-3400
홈페이지／www.changbi.com
전자우편／lit@changbi.com

ⓒ 이시영 1976, 1994
ISBN 978-89-364-2010-0 03810